ALICE LERISQUE

SUPER EXPLORATRICE

Jennifer Bell - Alice Lickens
Illustrations de Pauline Duhamel

ALICE LERISQUE
SUPER EXPLORATRICE

Mission Antarctique

Traduit de l'anglais (Royaume-Uni)
par Marie Cambolieu

Albin Michel Jeunesse

Du même auteur chez Albin Michel Jeunesse :

Les Extraordinaires

Tome 1 - Les mystères de Londinor

Tome 2 - Le sablier fumant

Tome 3 - L'armée des spectres

ALICE LERISQUE
SUPER EXPLORATRICE

Tome 1 - SOS forêt en danger

Titre original :
Agents of the Wild : Operation Icebeak
(Première publication : Walker Books Ltd, 2020)

22 rue Huyghens, 75014 Paris - www.albin-michel.fr

Pour Charlotte.
J. B.

Pour Ida, mon adorable petit tyran !
A. L.

Prologue

Alice Lerisque, huit ans, se pencha sous son lit. Depuis quelque temps, sa vie avait basculé.

Elle vivait chez son oncle Douglas, et il était impossible de lui faire changer d'avis : il refusait d'adopter le moindre animal de compagnie. Et l'idée d'Alice – pourtant géniale – de transformer leur appartement du vingt-cinquième étage en refuge pour oiseaux blessés ne l'emballait pas plus.

Pour Alice, préserver le monde sauvage, c'était une tradition familiale. Avant de mourir dans un terrible accident, ses parents (les célèbres botanistes Ranulph et Azalée Lerisque) lui avaient appris les bases. Elle savait réparer un nid de fournier roux, quel type de figues donner aux roussettes de Nouvelle-Zélande et comment combattre la rouille noire.

Oncle Douglas, lui, s'intéressait peu à tout cela. Pour son anniversaire, Alice avait bien essayé de lui offrir un hortensia en pot. « Il ne tiendra jamais le coup, avait-il décrété. En plus, je n'ai plus de place dans la cuisine. Je veux acheter une nouvelle cafetière électrique. »

Depuis, Alice se contentait de lui offrir des cravates.

Mais maintenant, Alice avait un secret, caché sous son lit, derrière un plateau où elle faisait germer des graines d'aloès l'hiver. Son secret, c'était un uniforme. Parfaitement plié, fabriqué dans une matière résistante à l'eau, au feu et aux moustiques. Un badge était accroché à la poche de poitrine et comportait les lettres : S.U.P.E.R.

« SUPER ? » direz-vous. « Jamais entendu parler ! »

Normal ! La SUPER, c'est la Société Ultra-Protectrice des Espèces Rares et elle est top-secrète !

D'ailleurs, vous connaissez l'araignée-paon ? Le tatou tronqué d'Argentine ? Le poisson chauve-souris des Galapagos ? Non, parce que ce sont des espèces rares. Exactement celles que la SUPER essaie de protéger.

Grâce à elle, Alice avait découvert des plantes et des animaux étonnants, mais jusqu'à présent, elle n'avait effectué qu'une seule mission. Et son apprentissage n'était pas encore terminé. Elle avait été nommée agent de terrain permanent et faisait équipe avec Attie, une musaraigne à trompe un peu sérieuse et très aguerrie.

En touchant le badge du bout du doigt, Alice prit conscience d'appartenir à quelque chose d'immense, d'important, et auquel ses parents – d'anciens agents de la SUPER – avaient participé. Si elle parvenait à préserver la faune et la flore avec Attie aussi bien que Ranulph et Azalée l'avaient fait, ses parents pourraient être fiers d'elle.

Alors, chaque matin, Alice passait la main sous son lit pour observer son uniforme. Elle se tenait prête pour la prochaine mission de la SUPER.

D'étranges bruits résonnèrent dans la cuisine. Alice se réveilla en sursaut, consciente qu'il était plus de minuit : Oncle Douglas dormait depuis longtemps. En tendant l'oreille, elle distingua des craquements et des grincements étouffés… comme si quelqu'un fouillait l'appartement.

Poussée par la curiosité, elle enfila ses chaussons-hérissons, sortit de sa chambre et traversa le couloir sur la pointe des pieds.

En longeant les bacs à ordures, elle vit qu'Oncle Douglas avait – comme toujours – jeté son journal dans le mauvais bac. En le replaçant dans le bac du recyclage, Alice aperçut le gros titre : « MYSTÉRIEUSES SECOUSSES EN MER DE SCOTIA ». Elle savait, grâce à ses atlas, que la mer de Scotia se situait à l'extrémité sud de l'Amérique du Sud. Elle espérait que la vie sauvage n'en serait pas affectée.

Elle passa sans bruit devant la chambre de son oncle (elle l'entendit ronfler) et pénétra dans la cuisine. Il faisait noir, mais elle comprit aussitôt ce qui causait ce raffut : le réfrigérateur. Ou plutôt, quelque chose qui s'agitait à l'intérieur du réfrigérateur. Sans une hésitation, elle saisit la poignée et ouvrit la porte.

Un petit animal, à quatre pattes et au long museau, se tenait sur le beurrier. Sa tête était recouverte de poils roux. Le reste de son pelage était noir, à l'exception de deux cercles blancs qui entouraient ses yeux, comme des lunettes.

–Attie ? souffla Alice.

Au beau milieu des yaourts, son partenaire était facile à reconnaître. Il portait une

combinaison de la SUPER impeccablement repassée, avec une longue partie rembourrée pour protéger sa queue, des gants et une capuche à visière transparente.

–Qu'est-ce que tu fabriques là-dedans ?

Attie remua les moustaches.

–J'essaie d'actionner le passage secret caché derrière ce réfrigérateur, mais j'ai quelques difficultés.

Son badge de la SUPER clignotait. L'appareil permettait aussi à Alice de comprendre les paroles d'Attie.

–La SUPER l'a creusé il y a quelques semaines.

–Un passage... secret ?!

Alice savait que l'organisation avait des bases et des tunnels cachés dans le monde entier, mais elle n'avait pas imaginé en trouver un dans l'appartement d'Oncle Douglas...

–La porte dans le mur s'ouvre grâce à un code, expliqua Attie en déplaçant des grains de raisin de différentes couleurs dans un bol. Mais je n'arrive pas à…

Un « clic » se fit entendre.

–Ah ah ! Voilà la combinaison : rouge, rouge, vert, rouge, vert, vert. J'aurais dû m'en douter.

Un code secret en grains de raisin ? Alice tâcha de le mémoriser, tandis que l'arrière du réfrigérateur glissait sur le côté et révélait un tunnel sombre dans le mur. Un courant d'air froid s'engouffra par la porte avec une odeur humide.

–Où est-ce qu'il mène ?

–À un entrepôt d'équipement de la SUPER, de l'autre côté de la ville, répondit Attie, qui mélangeait les grains de raisin. On nous a déjà assigné notre deuxième mission. Nous devons partir tout de suite !

Notre deuxième mission. Alice sortit son carnet de « Notes de terrain » et son crayon de la poche de son pyjama. (Elle ne s'en séparait jamais.)

–Quels sont les détails ? demanda-t-elle en ouvrant une nouvelle page.

Au même instant, un chimpanzé qui portait le même pyjama et les mêmes chaussons-hérissons qu'Alice apparut. Il frôla Attie et bondit hors du réfrigérateur pour atterrir sans bruit sur le sol, attrapant au passage l'un des plats cuisinés d'Oncle Douglas.

–Ralph ! s'exclama Alice.

Elle le serra contre elle, en faisant attention à ne pas le blesser avec son crayon. Ralph était devenu son « double » pendant son entraînement à la SUPER, pour qu'Oncle Douglas ne remarque pas son absence. Il était formé pour n'être vu que de dos et savait parfaitement imiter l'apparence d'Alice. Oncle Douglas n'avait jamais rien soupçonné.

Ralph lui fit un grand sourire, puis se dirigea vers sa chambre, son plat préparé sous le bras.

–Il est pressé, expliqua Attie en écartant le contenu du réfrigérateur pour leur frayer un chemin. Il ne veut pas manquer la nouvelle émission de Cynthia Tranchelame. C'est un fan.

Attie paraissait déçu : Cynthia Tranchelame était une de ses spécialistes préférées du monde animal. Ses recherches sur les espèces d'oiseaux menacées avaient reçu plusieurs prix prestigieux.

Attie chipa quelques tranches de banane (ingrédient clé de ses sandwichs favoris, à la banane frite et aux graines de courges) et s'élança dans le passage. Alice rangea son crayon et son carnet dans sa poche, puis le suivit. Le tunnel de briques était si sombre et poussiéreux qu'Alice n'en voyait pas le bout. Quelques mètres plus loin, Attie s'arrêta devant un large trou, qui s'enfonçait dans le sol, de plus en plus étroit.

–Ce transportunnel va nous conduire tout droit à la réserve d'équipement.

Attie agita sa longue queue rembourrée en se penchant vers le bord.

–On se retrouve en bas !

Avec l'élégance d'un oiseau, il plongea la tête la première dans le trou et glissa sur le ventre avant de disparaître dans le noir.

Alice s'assit sur le rebord du tunnel et essaya de dominer son angoisse. Ses missions pour la SUPER étaient trop importantes pour laisser la peur les gâcher. Elle glissa dans le vide, comme sur un toboggan qui tournoyait dans le noir.

–Attiiie ! gémit-elle, le souffle court. Où partons-nous ?

La voix de son compagnon résonna le long du tunnel.

–En Aaan-taaar-ctiiiique !

Alice ouvrit de grands yeux. Est-ce qu'elle avait mal entendu ? Un instant plus tard, elle atterrit sur un matelas de paille, dans le coin d'une grotte.

– Tu as bien dit… « en Antarctique » ?

Ses parents avaient un jour exploré cette région reculée pour étudier la canche antarctique, une plante locale. À leur retour, ils lui avaient parlé d'un paysage blanc, habité par une faune particulièrement adaptée à son environnement. Tout cela lui avait semblé fascinant.

–Absolument ! répondit Attie en bombant le torse. La SUPER nous fait vraiment confiance, car l'Antarctique est un endroit dangereux. Ils y envoient seulement les meilleurs agents.

Ils traversèrent la grotte (illuminée par des millions de vers « chemin-de-fer ») et Alice observa la tenue de son compagnon.

–Je comprends mieux pourquoi tu portes un pyjama aussi chaud.

–Un pyjama ? s'étrangla Attie. Les agents de la SUPER ne portent pas de pyjama, agent Lerisque ! C'est une combinaison étanche thermique, qui imite les propriétés naturelles des poissons d'argent ! Et tu auras la tienne d'ici peu.

« Pyjama... » marmonna-t-il dans sa barbe en secouant la tête. Puis il pressa le pas. Comment pouvait bien fonctionner cette combinaison ?

Les inventions mises au point par l'organisation se basaient sur les caractéristiques du monde animal. Alice se rappelait vaguement que, un jour, son père lui avait parlé des poissons d'argent d'Antarctique. Ils produisaient une sorte d'antigel naturel pour survivre dans l'eau glacée. Les combinaisons devaient utiliser une substance similaire.

La grotte s'élargit en un immense espace où se trouvaient d'étranges appareils. Alice reconnut le libelloptère et le planeur albatros qu'elle avait croisés lors de sa première mission. Elle vit aussi un aéroglisseur en forme d'insecte aux fines antennes, une moto qui avait l'apparence d'un guépard et un sous-marin recouvert d'écailles de poisson scintillantes.

Attie s'approcha d'un véhicule en forme de gros crapaud. Sur son dos, ses pustules étaient en fait des hublots.

–Voici notre moyen de transport, dit-il en le pointant du doigt. Il peut voyager sur la terre et dans l'eau. Nous l'appelons le TétraPod.

Attie pianota avec ses griffes sur un écran et aussitôt, un escalier surgit de la bouche du crapaud. Alice comprit la référence : les crapauds étaient des tétrapodes amphibies. Ils pouvaient vivre à la fois sur terre et dans l'eau.

L'impeccable cabine du TétraPod sentait le désinfectant au citron. Alice aperçut une combinaison thermique à sa taille, accrochée à un portemanteau et l'enfila tout en écoutant les instructions d'Attie. Du bout de la queue, il lui montrait l'emplacement de leurs équipements, triés selon un code de couleurs qu'elle devrait mémoriser pendant le trajet.

Elle s'installa sur le siège à côté d'Attie et attacha sa ceinture avec un mélange d'angoisse et d'excitation. Le tableau de bord comportait des dizaines de boutons, de leviers et d'interrupteurs en tout genre. Attie tourna une molette et, avec un croassement retentissant, le moteur du TétraPod se mit en marche. Les parois vibrèrent et il s'enfonça dans l'eau, envoyant un nuage de bulles vers le plafond en verre. Un tunnel s'ouvrit devant eux.

–Nous venons de recevoir un message du quartier général, annonça Attie en pressant un bouton.

Un dindon potelé apparut alors sur un écran. Il avait ramené ses ailes sur son ventre, son visage rose et fripé prenait un air sévère. C'était le commandant Phil, le chef de la SUPER. Il parla d'une voix rauque, qui fit trembler sa caroncule.

– Agent Attenborough, agent Lerisque : vous avez une nouvelle mission urgente à accomplir. Nous avons reçu un signal de détresse de niveau 10 provenant d'une de nos bases sous-marines, en Antarctique.

L'écran se divisa en deux et, à droite de son visage, une carte s'afficha. Elle représentait le continent déchiqueté de l'Antarctique. Une croix rouge clignotait sur la mer de Weddell, au nord-ouest de la péninsule.

Un signal de détresse ? De niveau 10 ? Inquiète, Alice se tourna vers Attie. Le niveau 10 signifiait : DANGER IMMÉDIAT.

–Trois agents de la SUPER sont postés sur cette base, continua Phil. La raison de leur appel n'est pas claire : leur équipement est endommagé. Vous devez impérativement vous y rendre tout de suite et découvrir ce qui s'est produit.

Il gonfla ses plumes et ajouta:

–Notre SUPER famille a besoin de vous: elle est en danger. Bonne chance.

L'écran devint noir et une longue feuille de papier sortit d'une fente dans le tableau de bord. Alice la parcourut aussi vite que possible.

NOM DE LA MISSION :
OPÉRATION BEC DE GLACE

TYPE DE MISSION : SECOURIR ET ENQUÊTER

ÉQUIPEMENT FOURNI :
TétraPod, trinoculaires,
Loutromobile et échasses-girafes
télescopiques.

2

Alice n'en croyait pas ses yeux. Par les hublots sur le dos du TétraPod, elle observait une bande de baleines à bosse qui passaient au-dessus d'eux. Leurs ventres gris glissaient majestueusement dans l'eau. Elle s'émerveillait de voir cet animal – le deuxième plus grand au monde – nager si vite.

–C'est époustouflant, non? dit Attie en les regardant, bouche bée.

Il tapota leur *SUPERguide des blessures du grand-froid* du bout de sa patte.

–Nous devrions continuer à nous préparer. Voyons… Donne-moi quatre signes d'hypothermie.

Alice désigna la tête, la bouche et la poitrine de son équipier.

–Somnolence, difficultés à parler, respiration lente et pouls faible.

Une fois en Antarctique, ils devraient veiller l'un sur l'autre : ils avaient donc révisé leurs manuels de survie.

–Je sais aussi comment soigner des engelures, éviter la cécité des neiges et repérer les fentes dans la glace pour ne pas tomber dans une crevasse. Tu peux compter sur moi, dit Alice en redressant les épaules et la tête haute.

Attie acquiesça, mais il lui semblait inquiet : sa queue s'agitait nerveusement depuis leur départ. S'ils voulaient réussir cette mission, ils devraient surmonter les dangers du territoire polaire.

Chapitre 2

Au même instant, les instruments du tableau de bord se mirent à sonner. Attie dressa les oreilles.

–Nous arrivons à la base. Prépare-toi à l'amarrage !

Au milieu des flots, un étrange bâtiment tortueux paraissait surgir comme un énorme morceau de corail rose du fond de la mer.

La base sous-marine !

À mesure que le TétraPod avançait, Alice comprit que les bosses dans ses branches étaient en réalité des sortes de capsules remplies d'eau. Elles abritaient différentes créatures : des dauphins sabliers noir et blanc, les poissons des glaces au sang blanc, et des bancs scintillants de krills roses. Alice était ravie à l'idée de les approcher de près, mais son humeur s'assombrit lorsqu'elle remarqua trois capsules brisées et vides. Que s'était-il passé ?

–Les agents de la base comptent sur notre aide, l'avertit Attie qui époussetait sa combinaison thermique en attendant l'ouverture de la porte. Il est donc important de faire bonne impression.

Le sol vibra lorsque le TétraPod s'amarra à un quai. Avec un grincement, les deux portes s'abaissèrent.

Alice cligna des yeux. Devant eux se tenait une montagne de poils bruns laineux, d'où pointaient un museau noir et luisant et deux cornes incurvées. Quel animal était aussi grand et aussi poilu ? Bien sûr ! Une seule espèce correspondait à son profil : le bison d'Amérique.

–Bienvenue à la Base 22, dit-il d'une voix étonnamment fluette. Je suis l'agent Wallace, mais appelez-moi Wally.

Alice fit un pas en avant.

–Enchantée ! Je suis l'agent…

Mais avant d'avoir pu finir, elle glissa sur ses nouvelles bottes thermiques et atterrit entre les deux pattes avant du bison. Elle marmonna un mot d'excuse, essaya de se relever, mais elle perdit de nouveau l'équilibre et ses cheveux touchèrent le museau de Wally.

Un « atchouuum ! » suivi d'un énorme « splatch ! » retentit. Lorsque Alice réussit enfin à se redresser, Attie dégoulinait de morve de bison.

– Désolée, murmura-t-elle en rougissant.

Attie remua son nez.

– Ce que l'agent Lerisque voulait dire, reprit-il en s'écartant de la mare, c'est que nous sommes ravis de vous rencontrer. Je suis l'agent Attenborough.

Un jeune garçon de l'âge d'Alice apparut alors derrière Wally et serra la patte d'Attie. Il avait des cheveux bruns et ondulés où s'emmêlaient des algues. Un caméléon se tenait sur son épaule : il portait de minuscules bottes thermiques et une combinaison.

– Je suis l'équipier de Wally, l'agent Rahul Kapoor. Et voici l'agent Dita, qui vient d'être mutée d'une autre base de la SUPER en renfort. Nous sommes contents de vous voir !

Le caméléon dévisagea intensément Alice. Ses yeux brillants remuaient chacun de leur côté, comme deux billes. Ses écailles formaient des rayures orange, blanches et jaunes et sa tête se terminait en une forme de collerette, caractéristique d'une espèce bien particulière : le caméléon casqué. Alice était ravie. C'était la première fois qu'elle en croisait un.

Rahul se tourna vers l'entrée de la base.

–Allons immédiatement dans la salle de réunion pour faire le point sur la situation. En chemin, nous vous ferons visiter la base.

Attie suivit Wally et Rahul dans le bâtiment. Les couloirs étroits étaient pleins de flaques d'eau et il y régnait une odeur d'algues, amère et salée à la fois.

–Désolée de ne pas t'avoir prévenue avant que tu glisses, agent Lerisque, dit Dita. J'aurais dû le voir arriver.

Cramponnée à l'épaule de Rahul, elle agitait sa longue queue épaisse comme un pendule.

Rahul lui tapota la tête.

–Mais non, Dita, nous en avons déjà parlé. Tu possèdes peut-être une vision panoramique, mais personne ne s'attend à ce que tu sois sans arrêt en alerte. Ne t'en fais pas trop.

Il se tourna vers Alice et murmura :

–Dita est toujours très stressée.

Alice regarda Attie et se demanda si lui aussi accepterait un jour de grimper sur son épaule.

–Bref, sois prudente, reprit Dita d’un air anxieux. Le sol est très glissant.

Alice suivit son conseil et fit doublement attention où elle mettait les pieds. Pas question de tomber encore une fois !

–La Base 22 est un centre de soins pour espèces marines, expliqua Wally. Nous avons des patients avec toutes sortes de problèmes de santé : des blessures causées par les bateaux de pêche jusqu’à l’épuisement pour ceux qui n’ont plus assez de banquise où se reposer.

Ils passaient de porte en porte. Chacune ouvrait sur une capsule, comme celles qu’Alice avait aperçues en arrivant. Tout en parcourant leurs dossiers médicaux, elle jetait un regard à travers les vitres qui les séparaient des animaux. Dans une capsule, un poulpe était confortablement installé sur un lit de sable. Il se remettait de son opération pour retirer

un sac plastique enroulé autour d'un tentacule. Dans une autre, une famille de langoustes se promenait dans une épaisse forêt d'algues vertes, en rééducation pour réparer leurs pinces fêlées.

–L'Antarctique souffre plus que n'importe quel continent du réchauffement climatique, qui provoque de terribles changements, continua Wally. La plupart des créatures que nous soignons ici sont victimes de la hausse de la température de l'eau.

Grâce à sa formation à la SUPER, Alice connaissait les effets ravageurs du réchauffement climatique. Il était plus dangereux pour l'environnement que les redoutables criminels répertoriés dans le *SUPERguide des ennemis de la nature*. Rahul s'arrêta devant un hublot et désigna un groupe d'escargots de mer qui se roulaient sur un plateau rempli d'une pâte jaune et gluante.

–Notre spa à escargots : ils peuvent y enduire leur coquille d'un baume anti-acidité, pour éviter qu'elle soit dissoute.

–Dissoute ? s'écria Alice, horrifiée. Mais c'est terrible !

Rahul poussa un soupir.

–Oui, le dioxyde de carbone est tellement présent dans l'eau de mer qu'il fait l'effet d'un acide. Wally et moi avons réussi à mettre au point cette formule de protection.

Le moral d'Alice s'assombrit à mesure qu'elle découvrait les nombreux problèmes des animaux marins. Mais elle était heureuse d'appartenir à une organisation comme la SUPER, qui faisait tout pour essayer de les sauver.

–Vous n'êtes que trois agents sur cette base ? demanda-t-elle, étonnée qu'ils arrivent à soigner autant de créatures.

–Nous sommes de vrais professionnels, rappela Rahul, la tête haute. Mais avec tous ces nouveaux patients, nous sommes débordés. Voilà pourquoi nous avons besoin de votre aide. Nous n'avons pas le temps d'enquêter à l'extérieur…

Sur son épaule, Dita se figea.

–Attention ! s'écria-t-elle. J'ai vu…

Mais avant qu'elle ait pu finir sa phrase, la structure tout entière se mit à trembler. Les secousses résonnèrent jusque dans les jambes d'Alice, qui sentit ses os vibrer. Elle se laissa tomber sur le sol et protégea sa tête avec ses bras.

–Qu'est-ce que c'est ?

Accroupi près d'elle, Rahul éleva la voix pour couvrir le vacarme.

–La raison pour laquelle nous avons lancé le signal de détresse ! Ces tremblements se répètent plusieurs fois par jour depuis la semaine dernière. Ils ont gravement endommagé la base.

Nous avons vérifié l'activité sismique dans les environs, mais il ne s'agit pas de cela. Leur cause n'est pas naturelle!

Alice vit l'eau remuer dans les capsules de soin et leurs occupants hurler de frayeur. Voilà donc ce qui avait brisé les capsules qu'elle avait aperçues en arrivant. Elle se rappela alors le gros titre du journal d'Oncle Douglas: «Mystérieuses secousses en mer de Scotia». Cette mer ne se trouvait pas très loin d'ici...

–Attie et toi devez découvrir ce qui les provoque et y mettre un terme, expliqua Wally, dont la fourrure tremblotait. Nous ignorons combien de temps la base pourra tenir avant d'être complètement détruite.

3

Alice planta fermement ses bottes dans la neige et regarda le thermomètre intégré à sa manche. Malgré une température de -20° C, elle avait presque trop chaud dans sa combinaison thermique.

Elle observait le paysage d'un blanc scintillant et avait encore du mal à croire qu'elle se trouvait vraiment en Antarctique. Là où les falaises plongeaient à pic dans l'océan, où des icebergs surgissaient des eaux sombres, brillant d'une lueur turquoise sous la surface. Cet environnement était si hostile et pourtant si merveilleux...

Elle ouvrit son carnet de « Notes de terrain » et passa en revue sa « Liste d'informations utiles en Antarctique ».

–Tu as bien nettoyé ta combinaison avant de quitter le TétraPod ? demanda-t-elle à Attie.

L'écosystème de l'Antarctique était très fragile. Il fallait à tout prix éviter de le contaminer avec des bactéries étrangères qu'ils auraient pu apporter.

–Trois fois, par sécurité, répondit-il. Et j'ai emporté de l'équipement supplémentaire, au cas où nous serions pris dans une tempête. On n'est jamais trop prudent.

La neige était si épaisse qu'Attie avait dû attacher ses échasses-girafes télescopiques à ses bottes pour ne pas s'enfoncer.

–Commençons notre enquête. Nous devons arrêter ces tremblements !

Alice frémit à l'idée que la base puisse disparaître. Où iraient tous ces animaux blessés ou malades ? Les conséquences seraient terribles…

Chapitre 3

Attie posa son sac et en sortit des jumelles à rayures noires et blanches. Mais celles-ci étaient équipées, à la place des lentilles, de boules où tourbillonnaient les couleurs de l'arc-en-ciel, montées sur des tiges qui bougeaient indépendamment l'une de l'autre, comme les yeux de Dita.

Ce doit être les trinoculaires, pensa Alice, qui avait lu ce nom dans leur ordre de mission.

–J'ai dû passer deux semaines à m'entraîner pour apprendre à les utiliser, expliqua fièrement Attie en les approchant de ses yeux.

Alice essaya de ne pas rire en le voyant avec ces deux boules qui s'agitaient dans tous les sens au niveau de ses yeux.

–Elles s'inspirent des caractéristiques des crevettes-mantes rayées, pour permettre de voir à travers la glace, jusqu'au plancher de l'océan, ajouta-t-il. Si quelque chose cause ces secousses, je devrais pouvoir le repérer.

Pendant qu'Attie scrutait le fond de l'eau, Alice observa les environs à la recherche d'indices. Elle aperçut plusieurs gros rochers dispersés le long de la côte. Elle détourna le regard, mais, du coin de l'œil, vit l'un d'eux remuer...

–Je ne vois rien de suspect, déclara Attie en baissant les jumelles. Continuons d'explorer les alentours.

Alice eut alors une idée.

–Avant de nous déplacer, pourquoi ne pas interroger les animaux qui vivent là ? Quelqu'un a peut-être remarqué un détail qui pourrait nous aider.

Ils s'avancèrent vers le littoral et les « rochers » s'agitèrent en grognant. Alice nota leur épaisse peau grisâtre, leurs nageoires et leurs museaux protubérants. Des éléphants de mer du Sud ! Les plus gros et les plus lourds des pinnipèdes !

Elle pressa son badge de communication de la SUPER et vérifia qu'il fonctionnait bien.

–Bonjour, appela-t-elle. Nous sommes des agents de la SUPER. On aimerait vous poser quelques questions…

L'éléphant de mer le plus proche, un mâle grand comme une petite voiture, bâilla. Il révéla une mâchoire rose et deux dents pointues.

–Pourquoi paaas, grommela-t-il, d'une voix qui ressemblait à une corne de brume, si bien qu'Attie aplatit ses oreilles. Mais je doute que vous ayez ce que je veux en échange.

Alice ne s'attendait pas vraiment à cette réaction. Mais les éléphants de mer étaient connus pour leur avidité : ils passaient leur vie dans l'eau, à chercher jalousement leur nourriture.

–Nous pouvons te faire une proposition, suggéra Alice, qui réfléchit rapidement à ce qu'ils avaient à lui offrir.

Mais ils ne transportaient que de l'équipement de la SUPER. Et des provisions.

–Si tu réponds à mes questions, tu auras des bananes.

Attie lui lança un regard paniqué.

Tu es folle ! semblait-il dire. *Avec quoi va-t-on faire nos sandwichs ?*

Trop tard : l'éléphant de mer haussa un sourcil, intrigué.

–Mmmh… je n'ai jamais goûté de bananes, marmonna-t-il en se léchant les babines. Marché conclu !

–Génial !

Alice comprenait l'inquiétude d'Attie, mais ils devaient avancer dans leur enquête. Attie ouvrit son sac et tendit les bananes d'un air grognon.

–Bien, continua Alice en sortant son carnet de « Notes de terrain ». Première question : as-tu ressenti des secousses, récemment ?

–Évidemment, répliqua l'éléphant de mer. Quand on est aussi massif que moi, tout tremble quand on bouge !

Alice le dévisagea, interdite.

–Non, reprit-elle en essayant de ne pas s'agacer. Je veux dire des tremblements de terre... ou de mer. Qui seraient causés par autre chose que ton propre poids.

L'éléphant réfléchit quelques instants.

–Je ne crois pas... À moins que tu parles des vagues, dans l'eau ? C'est ça ?

Attie se frappa le front.

–Mais non, pas les vagues ! Oh, ça ne sert à rien.

Il referma son sac à dos, l'air mécontent.

–Tâchons de trouver une créature avec plus de cervelle. Nous avons assez perdu de temps – et de bananes – comme cela!

Ils laissèrent l'éléphant de mer se régaler et se dirigèrent vers l'intérieur des terres. Attie avançait d'un pas furieux sur ses échasses. Alice craignait de l'avoir déçu. Elle pensait que marchander serait une bonne idée, mais elle l'avait fait sans demander l'avis d'Attie. C'était pourtant cela, faire équipe.

Un immense oiseau les survola. En remarquant ses ailes noires et blanches interminables, Alice reconnut un albatros hurleur: il avait la plus grande envergure au monde et pouvait passer des semaines dans le ciel sans atterrir.

En plongeant vers eux, il leur fit un signe de tête.

–Bonjour ! Je voulais simplement savoir si vous aviez des nouvelles des Bégés ? La dernière fois que je suis descendu sur la glace, deux crabes en discutaient. Ils semblaient surexcités !

–Les Bégés ? répéta Alice. Désolée, je n'en ai jamais entendu parler.

Elle nota tout de même ce mot étrange dans son carnet, au cas où.

L'albatros gonfla ses plumes.

–Tant pis. Je reviendrai demander dans quelques jours.

Il battit à peine des ailes pour reprendre de la hauteur, jusqu'à devenir un minuscule point dans le ciel gris.

À mesure qu'ils avançaient, le froid était plus intense. Le vent se leva, soulevant des bourrasques de neige qui les empêchaient de voir à plus de quelques mètres. Ils interrogèrent deux mouches de l'Antarctique, réfugiées sous la glace pour survivre aux températures très basses, mais elles ne savaient rien. Ils commençaient à perdre espoir.

–Nous n'avons aucune piste, soupira Attie, qui observait les glaciers avec les trinoculaires. Comment mettre un terme à ces secousses si nous ignorons ce qui les provoque ?

Alice réfléchit longuement. Les enquêtes exigeaient de la patience. Il fallait d'abord trouver les indices, puis les remettre dans l'ordre, comme un puzzle. Les réponses étaient là : il suffisait de bien chercher.

En plissant les yeux pour scruter le sol, elle aperçut alors des traces, qui s'éloignaient dans la neige. Grâce à l'entraînement de la SUPER, elle déduisit que ces empreintes appartenaient à une créature qui marchait sur deux pattes, avec des palmes à trois doigts et qui s'était arrêtée de temps à autre pour se laisser glisser sur le ventre. Un seul animal en Antarctique se déplaçait de cette manière. Elle suivit la piste et plus loin, repéra un manchot noir et blanc qui se dandinait pour gravir une colline.

–Un manchot! s'exclama-t-elle d'un air triomphant.

Attie l'observa avec ses trinoculaires.

–Bien vu, agent Lerisque! Voyons ce qu'il pourra nous apprendre.

Alice passa en revue ce qu'elle savait des manchots tandis qu'ils se dépêchaient de le rattraper. Il en existait dix-huit espèces dans le monde. Quatre en Antarctique, quatre autres dans les îles alentour: il aurait donc pu s'agir d'un de ceux-là. En s'approchant, elle distingua alors des cercles caractéristiques autour de ses yeux: c'était un manchot Adélie, son espèce préférée, car comme

elle, ils étaient très petits, très courageux et très maladroits. Mais celui-ci avait une apparence inhabituelle : ses plumes sombres n'étaient pas noires, mais marron et, plus étrange encore, il portait un nœud papillon argenté où clignotait un voyant vert.

–Euh, bonjour ! cria Alice en agitant le bras.

Attie plia les genoux et se mit à faire de grands sauts sur ses échasses pour tenter d'attirer l'attention du manchot. Malgré cette curieuse vision, il poursuivit son chemin sans même leur jeter un coup d'œil.

–Bonjour ! essaya de nouveau Alice, tâchant de couvrir le hurlement du vent.

Mais le manchot l'ignorait. Il avait un regard absent, comme perdu dans ses pensées. Attie souffla d'un air impatient et la buée envahit sa visière.

–Grossier personnage !

–Peut-être qu'il ne nous entend pas. Il a peut-être une otite.

Après tout, les manchots passaient leur temps sous l'eau. Mais tout de même, son comportement semblait bizarre. Il n'était pas impossible qu'il ait déjà vu un humain, mais Alice doutait fortement qu'il ait déjà croisé une musaraigne à trompe en combinaison, bondissant sur des échasses. Il n'avait pas trahi le moindre signe de surprise…

Les deux équipiers refusèrent d'abandonner et le suivirent au sommet d'une crête. Une fois en haut, Alice en eut le souffle coupé. Toute une colonie de manchots Adélie était regroupée en contrebas. Assis deux par deux, ils surveillaient des piles de pierres bien agencées – leurs nids. Pourquoi se tenaient-ils si loin de la côte ? Et… ils portaient tous le même nœud papillon…

Une grande tente se dressait au milieu de la colonie, un peu comme celles utilisées pour les réceptions en extérieur et, juste à côté, Alice aperçut une silhouette humaine. Peut-être allaient-ils enfin trouver des informations !

Tout en évitant de déranger les nids, Alice et Attie zigzaguèrent entre les oiseaux en direction de l'énorme tente. Le sol était recouvert de crottes de manchots. On appelait cela du guano et Alice avait appris ses propriétés dans les livres. Il dégageait une vive odeur de crevette pourrie. Heureusement, elle ne traversait pas sa combinaison thermique : Alice se serait sûrement sentie mal.

Les manchots discutaient entre eux, mais, à chaque fois qu'Alice et Attie essayaient de leur parler, les oiseaux tournaient la tête et les ignoraient.

–Nom d'une plume, se plaignit l'un d'eux auprès de son voisin, en remuant son derrière sur un monticule de neige. C'est drôlement froid, ce truc blanc.

–Je suis bien d'accord, répondit un autre. Et il y en a absolument partout... Quelle plaie!

–Vous avez vu? Je souffle de la buée!

Alice observa attentivement les oiseaux. Quelque chose clochait. Elle ouvrit son carnet et commença une liste de détails étranges: leur curieux lieu de nidation, leur comportement anormal et ces nœuds papillon...

Près de la tente, la silhouette qui se tenait debout était celle d'une femme, grande et aux cheveux roux ramenés en chignon compliqué. Elle portait un chandail vert torsadé et des cuissardes.

–Bonjour! lança-t-elle en voyant Alice et Attie approcher.

Cette voix mielleuse semblait vaguement familière.

Chapitre 4

–Quel plaisir d'avoir des visiteurs à l'improviste ! Venez, entrez !

Attie se figea.

–Je… je n'y crois pas, murmura-t-il en s'accrochant à la jambe d'Alice. C'est bien… qui je pense ?

Alice frotta sa visière… puis étouffa un cri. Impossible !

Cynthia Tranchelame ?!

Alice ne l'avait vue qu'à la télévision, mais elle aurait reconnu ce visage fin et ce chignon n'importe où. Attie releva sa capuche.

–Quelle surprise ! Je n'aurais jamais imaginé vous rencontrer ici, mademoiselle Tranchelame.

–Je vais là où les animaux se trouvent, répondit-elle, en leur ouvrant la porte de sa tente.

L'intérieur était luxueux, avec d'épais tapis et des canapés en velours. Plusieurs bibliothèques étaient remplies de livres et d'antiquités et la douce chaleur qui régnait dans la pièce avait un parfum de feu de bois.

–Asseyez-vous, reprit-elle en désignant une longue table en bois où trônait une lampe en acier.

Attie se débarrassa de ses échasses avant d'entrer.

–Quel honneur de vous voir en plein travail, commenta-t-il en admirant la décoration. C'est charmant...

Alice, elle, était moins convaincue. Derrière la table, un générateur produisait une grosse fumée noire, rejetée à l'extérieur par un tuyau en plastique. Un dispositif de chauffage pas vraiment écologique ! Alice ne savait plus trop quoi penser.

Le regard émeraude de la présentatrice se posa sur l'insigne accroché à la combinaison d'Attie.

–Vous êtes des agents de la SUPER ! J'en ai entendu parler, mais je n'ai jamais eu la chance de rencontrer l'un de ses membres.

Les moustaches d'Attie frémirent de plaisir.

–Je suis l'agent Attenborough et voici mon équipière, l'agent Lerisque. Nous enquêtons sur les secousses ressenties dans les environs. Vous avez des informations, à ce sujet ?

–Tout ce que je sais, c'est qu'elles ont abîmé mon matériel, répondit-elle.

Elle fit un geste vers des boîtes pleines de composants d'ordinateur. Alice remarqua d'autres paniers remplis de nœuds papillon argentés. Juste à côté, sur un bureau, se trouvaient des cartes, des liasses de documents, un cendrier qui débordait de mégots, un presse-papiers en forme de lingot d'or et un calendrier. Une date, douze jours plus tard, était entourée en rouge avec le mot « VENTE AUX ENCHÈRES ».

–Vous êtes ici pour étudier les manchots Adélie ? lui demanda Alice, curieuse de connaître l'avis de Tranchelame sur leur étrange comportement. Ils portent tous vos nœuds papillon.

La mâchoire de la présentatrice se raidit.

Chapitre 4

–Oui, j'ai... euh... enfin... placé ces euh... dispositifs de repérage sur les oiseaux, pour observer leurs mouvements. Ils ont une attitude anormale.

–En tout cas, vous êtes la meilleure personne pour percer ce mystère, continua Attie en la regardant avec des yeux rêveurs.

Avait-il oublié leur mission ? Il semblait presque hypnotisé par son idole.

–Je euh... j'aimerais, si cela ne vous dérange pas... prendre une photo avec vous ? bredouilla-t-il en triturant la fermeture éclair de sa combinaison.

–Mais bien sûûûr, susurra Cynthia. Je ne peux rien refuser à mes fans !

Alice aida Attie à retrouver l'appareil photo au fond de son sac (qu'ils avaient justement emporté pour leur enquête). Pour mieux fouiller, Attie posa les trinoculaires sur la table et Cynthia les désigna d'un geste.

–Quel appareil étonnant !

Flatté, Attie lui fit une démonstration des verres en forme de bulle.

–C'est une technologie développée par la SUPER. Ces trinoculaires me permettent de voir à travers la glace.

–À travers la glace ? s'exclama-t-elle, les yeux brillants. Très impressionnant !

Après avoir pris plusieurs photos d'Attie avec Cynthia (une « sérieuse », une plus détendue et une où ils faisaient carrément la grimace), Alice l'aida à ranger son sac. Pendant ce temps, Attie bombardait la journaliste de questions concernant sa carrière. À chaque réponse, ses oreilles remuaient.

Le vent faisait gondoler les parois de la tente et le matériau claquait bruyamment.

–On dirait que les rafales s'intensifient, remarqua Alice, en songeant à son *Guide des climats extrêmes*. Nous devrions rentrer à la base, au cas où une tempête se lèverait.

Attie hocha la tête d'un air navré. Il aurait préféré rester bavarder avec Cynthia plutôt que d'affronter le froid. Tout en ajustant ses bottes, ses échasses et sa capuche, il aborda tous les sujets : de la structure des nids de l'aigle royal à la taille des œufs d'autruche.

Alice observa une dernière fois la tente de cette star des documentaires animaliers et s'interrogea. Curieusement, elle ne contenait aucun équipement familier. Alice connaissait les objets indispensables pour une expédition de recherche : carnets, appareils photo, trépieds, boîtiers détecteurs de mouvement, stylos, un stock important de fruits secs et des vêtements suffisamment chauds pour ne pas souffrir d'hypothermie. Mais Cynthia Tranchelame n'avait rien de cela avec elle.

–À bientôt, j'espère, dit Attie en serrant la main de Cynthia.

–Bonne chance pour votre enquête, répondit-elle, le sourire étincelant.

Dehors, la neige tombait de plus belle. Ils s'enfoncèrent dans le sol comme dans un tapis moelleux. Alice essuyait sans arrêt sa visière.

–Tu n'as rien remarqué de bizarre, chez Mlle Tranchelame ? demanda-t-elle avec prudence. Aucun indice ne semblait confirmer qu'elle étudiait vraiment cette colonie de manchots. Mon instinct me dit qu'elle cache quelque chose.

–Ridicule ! s'esclaffa Attie. Cynthia Tranchelame est une experte mondialement connue. La dernière fois que tu as écouté ton instinct, nous avons dû laisser nos réserves de bananes à un éléphant de mer. Et si tu me faisais confiance, pour une fois ?

Alice fixa ses pieds. Attie avait probablement raison. Il avait sans doute aussi très faim.

Quelle mouche l'avait piquée ? Elle secoua la tête et avança droit devant elle.

Dans sa tente bien chauffée, Cynthia Tranchelame se prépara un bon chocolat chaud et le sirota tout en observant les deux agents s'éloigner dans la neige. Elle tapota le bord de sa tasse, perdue dans ses pensées. Lorsque le minuscule rat et son amie trop curieuse furent passés derrière une colline, loin de la colonie de manchots, elle se tourna vers l'oiseau le plus proche et aboya :

–Hey toi, cervelle de moineau. Envoie un message codé à mon assistant, à la base. Je veux récupérer ces trinoculaires : elles pourraient m'être très utiles pour nos recherches.

Le manchot au regard vide se leva. Il posa une patte palmée devant l'autre, trembla et pivota comme pour entrer dans la tente.

–Pas par là ! Espèce d'andouille poilue à pieds plats.

Elle saisit le pingouin sous les ailes et le remit dans le bon sens.

–Le poste radio est de ce côté.

Il se dandina et disparut dans le blizzard, obéissant à ses ordres sans une hésitation.

Cynthia Tranchelame rentra dans sa tente, la mâchoire crispée en sifflant:

–Grrr, ce que je hais les manchots!

5

Très tôt le lendemain matin, Alice et Attie prenaient leur petit déjeuner dans le TétraPod et parlaient de leur enquête.

Alice termina son muesli au lait d'amande et reposa sa cuillère d'un air joyeux.

–J'ai indiqué sur cette carte les lieux que nous avons explorés hier, expliqua-t-elle. Cela nous évitera d'observer plusieurs fois le même endroit avec les trinoculaires.

Elle espérait être plus efficace que la veille. Attie renifla son sandwich d'un air méfiant. Sans bananes, il avait dû se contenter d'algues séchées pour le garnir.

–À mon avis, quelque chose de très gros et de très puissant provoque ces secousses, dit-il en approchant son sandwich de son museau. En cherchant bien, nous devrions trouver.

Il mordit prudemment dans le pain. Ses moustaches retombèrent et il le reposa avec une moue dépitée. Alice s'en voulut aussitôt : par sa faute, il était privé de sa nourriture préférée.

Alice s'occupa de faire la vaisselle pendant qu'Attie préparait leur équipement. Mais lorsqu'il ouvrit la boîte à rayures noires et blanches des trinoculaires, il fronça les sourcils.

–Qu'est-ce qui t'arrive ? lança Alice.

–Elles... ont disparu ! s'exclama-t-il en lui montrant la boîte vide.

Sa queue s'agita fébrilement tandis qu'il retournait leurs sacs et boîtes de matériel.

–Nous devons absolument les retrouver. Elles sont indispensables à notre enquête !

Alice se mit à chercher avec lui. Elle se chargea de fouiller les placards et les boîtes trop hautes pour Attie. Elle se sentait affreusement coupable. Elle avait bousculé Wally, gâché les réserves de bananes d'Attie et maintenant cette disparition... Elle commençait à se demander si elle était l'agent parfait de la SUPER qu'elle rêvait d'être.

Elle s'agenouilla pour regarder sous la Loutromobile, un véhicule-luge marron, aérodynamique, capable de filer sur la glace à une vitesse phénoménale. C'est alors qu'elle repéra des traces humides sur le sol. Elles allaient de l'étagère à équipement jusqu'à la porte du vaisseau.

–Là ! Quelqu'un est entré ici. Tu crois qu'on aurait pu voler les trinoculaires ?

Attie s'approcha de la porte et observa le couloir.

–C’est fort possible, mais il y a trop d’empreintes d’animaux ici pour tenter d’identifier le voleur. Elles se dirigent toutes vers la cantine de la base.

La cantine ressemblait à celle de l’école d’Alice, mais avec des rangées de rochers en forme de tables et des sièges adaptés aux différentes espèces. Une grande piscine, au centre de la pièce, était réservée aux créatures aquatiques et toute une paroi de l’espace était en verre, offrant une vue imprenable sur les eaux sombres de l’océan.

Wally, coiffé d’une toque de cuisinier, se tenait derrière un comptoir et servait des gaufres d’algues ou du muesli de lichen à une file de patients surveillés par Rahul. Perchée sur une table, Dita distribuait les couverts grâce à sa longue langue bleue, qu’elle faisait apparaître et disparaître en un éclair.

–Séparons-nous pour interroger les patients. Quelqu’un aura peut-être remarqué un détail intéressant.

Alice observa la salle. Un groupe d'étoiles de mer dodues était accroché à un mur près du plafond. Leur partie supérieure était d'un rouge corail et la partie inférieure était rose et couverte de petites ventouses. Songeant qu'elles avaient le meilleur point de vue, Alice se dirigea vers elles. Mais elle remarqua autre chose.

Une gigantesque créature à la peau rouge violacée et à tentacules nageait à l'extérieur de la base. Alice étouffa un cri. C'était un calamar géant, l'un des plus gros animaux du monde marin. Leurs yeux de plus de trente centimètres de diamètre étaient les plus grands au monde. Si quelqu'un avait aperçu quelque chose, c'était forcément lui !

– Excuse-moi, dit Alice en tapotant la vitre.

Le calamar se redressa.

– Oui ? Quelqu'un m'appelle ?

Il agita ses tentacules, ce qui le précipita en avant, et il heurta la vitre de la cantine.

– Ouille !

–Pardon ! soupira Alice. Est-ce que ça va ? Je ne voulais pas te surprendre.

–Ce n'est pas ta faute, répondit-il d'un air blasé. Je suis vieux et ma vue n'est plus ce qu'elle était. Mon nom est Haruki. Je cherche la capsule de contrôle de la vue. C'est ici ?

–Non, désolée. Ici, c'est la cantine.

Découragé, il laissa retomber ses tentacules.

–Je suis bête ! Je nage jusqu'ici une fois par an, pour mon examen ophtalmologique. Habituellement, je m'arrête en chemin pour me reposer dans une vieille épave, au fond de l'océan, mais cette fois, je n'avais pas le temps. Je me sens un peu perdu.

Avant qu'Alice ait pu lui proposer son aide, les eaux autour de lui se ridèrent. Sa tête et ses tentacules se mirent à trembler. Le sol de la cantine frémit tandis qu'un grondement sourd résonnait dans toute la base.

Près du comptoir, la peau de Dita vira du vert au rouge.

–Alerte ! Ça recommence ! cria-t-elle en remuant ses yeux de tous les côtés. Tout le monde à l'abri !

Les pensionnaires abandonnèrent leur petit déjeuner, des gaufres volèrent partout dans la pièce et tous les patients se réfugièrent sous les tables ou dans la piscine. L'agent Wallace bondit par-dessus le comptoir pour récupérer quatre bébés léopards de mer et les abriter sous son ventre. Rahul se chargea de ramasser une famille d'escargots de mer et se glissa sous un tabouret.

–Vite ! Mets-toi en sécurité, lança Alice à Haruki.

Le calamar marmonna quelque chose, mais Alice ne l'écoutait plus : elle venait de repérer une minuscule fissure sur la vitre de la cantine. La vitre se mit à trembler et dans un crissement aigu, se lézarda. Des bulles et des gouttes d'eau se formèrent entre les interstices. Alice était paniquée. Le verre risquait de se briser d'un instant à l'autre. Elle cherchait une solution lorsqu'elle se remémora les étoiles de mer, regroupées près du plafond.

–Hé, les filles, leur cria Alice. Nous avons besoin de vous ! Est-ce que vous pourriez utiliser vos ventouses pour sceller la vitre ?

Les étoiles de mer se tournèrent vers elle, mais n'avaient pas de bouche : son badge de communication ne servait à rien. Les étoiles de mer répondirent à l'aide de leurs branches pour dessiner les mots « ON TENTE », avant de se glisser précipitemment vers la vitre fendue. À l'extérieur, Haruki enveloppa ses tentacules autour de la structure de la base pour essayer de la stabiliser. Les secousses s'atténuèrent, les étoiles de mer se mirent en place et recouvrirent les fissures de leurs minuscules ventouses. Alice poussa un long soupir de soulagement lorsqu'avec un grand « slurp », les fentes disparurent.

Attie s'approcha d'Alice.

–Bon réflexe ! Une fois la cantine évacuée, la vitre pourra être réparée et les étoiles de mer pourront relâcher la tension.

Alice leva les yeux et vit les patients courir, sauter et ramper vers la sortie.

–Oui, mais nous n'avons pas pu poser de questions concernant les trinoculaires. Sans elles, impossible de trouver le responsable de ces secousses !

–Séparons-nous pour interroger les pensionnaires chacun à leur tour, décida Attie. Tu peux commencer par les ailes sud et ouest. Je me charge des ailes nord et est. Je pense beaucoup à ce mystérieux voleur, dit-il en caressant ses moustaches. Et s'il nous avait pris les trinoculaires pour faire échouer notre enquête ?

–Mais… pour quelle raison ? s'étonna Alice.

Attie observa la foule de pensionnaires qui s'éloignait dans les couloirs.

–Je ne sais pas. Mais nous devons le découvrir !

Plus tard dans la matinée, Alice grimpa sur un tabouret mouillé, dans une capsule de soin, et ouvrit son fidèle carnet de notes. Une grande piscine occupait une partie de cette pièce, où régnait une légère odeur de menthe.

Le planning prévu par Wally comprenait un contrôle dentaire avec une baleine, mais Alice ignorait de quelle espèce il s'agissait. Elle essuya quelques gouttes sur sa page et relut ses notes. Depuis le petit déjeuner, elle n'avait pas arrêté d'interroger les pensionnaires de la base.

OPÉRATION BEC DE GLACE

Par Alice Lerisque
(agent de terrain de la SUPER)

Interroger les patients de la base 22 n'était pas facile. Les animaux sont presque tous soignés dans des piscines et j'ai dû nager, parfois avec un tuba, pour leur poser des questions. Je ne sais pas où en est l'agent Attenborough, mais j'espère qu'il avance et qu'il a pu apprendre quelque chose d'utile. L'idée qu'un occupant de la base puisse saboter notre enquête m'inquiète beaucoup.

Questions aux patients

Sujet : Crabe yéti (Kiwa Hirsuta).
Nom : Ansel.
Notes : Ansel appartient à une espèce rare de crustacés, avec de longs poils blonds sur les

pinces, qui leur donne l'air d'une peluche. Il est venu à la base pour un examen d'audition.

Question : Avez-vous remarqué des comportements suspects à la base ?

Réponse : Pas dans la base. Mais il y a quelques jours, vous n'allez pas le croire, j'ai aperçu un groupe de manchots Adélie très chics, avec des nœuds papillon ! Ils plongeaient bien plus profond que d'habitude. Je me suis demandé ce qu'ils fabriquaient...

Sujet : Étoile de mer (Odontaster Validus).
Nom : Sydney.
Notes : Sydney fait partie des étoiles de mer qui ont sauvé la vitre de la cantine, après une secousse très violente. Comme elle n'a pas de bouche, sa seule façon de communiquer, c'est de former des mots avec ses branches.

Question : À part moi et l'agent Attenborough, avez-vous vu quelqu'un sortir du Tétrapod ce matin ?
Sydney : N. O. N.

Question : Qu'est-ce qu'il se produit d'extraordinaire dans les environs ?
Syndney : B. G.

Alice se sentait perdue. Elle n'en savait pas plus sur le voleur des trinoculaires et maintenant, elle avait plus de questions que de réponses. Pourquoi ces manchots plongeaient-ils si profond ? Qu'est-ce que signifiait « B. G. » ? Elle leva les yeux de son carnet lorsque Wally entra d'un pas lourd dans la capsule, armé d'une brosse à poils doux.

–Tu vas l'utiliser pour brosser les dents de la baleine ?

–En fait, ce ne sont pas vraiment des dents, expliqua-t-il. Oksana est une baleine de Minke.

Les déchets en plastique se coincent dans ses fanons. Ici, à la base, on peut l'aider à s'en débarrasser.

Alice savait que les fanons de certaines baleines formaient une sorte de filtre de poils qui leur permettait d'écumer l'eau de mer pour attraper leur nourriture. La surface de la piscine se rida et la tête d'une baleine, d'un gris pourpre, émergea, aspergeant au passage la combinaison d'Alice. Oksana mesurait au moins cinq mètres de long (sa queue était visible à l'extérieur de la capsule) et avait la peau lisse, à l'exception d'une crête rugueuse, qui allait de son museau jusqu'à son évent.

–Bonjour Oksana ! Je suis l'agent Lerisque. N'aie pas peur : j'ai simplement besoin de te poser quelques questions. J'enquête sur les secousses qui endommagent la base.

–Volontiers !

Oksana parlait d'une voix lente et mélodieuse qu'Alice trouva très apaisante.

–Je n'aime pas trop me faire nettoyer les fanons, alors discuter me changera les idées.

Elle se racla l'évent avec un « pchhh » dépité.

–Mon ami Sylvestre m'accompagne généralement pour mes rendez-vous, mais je ne l'ai pas croisé depuis des jours…

–Sylvestre ? C'est aussi une baleine de Minke ? demanda Alice.

Oksana secoua la tête, inondant le rebord de la piscine.

–C'est un manchot Adélie. Je l'ai cherché partout. Il se remarque facilement, car son pelage est brun, ce qui est rare.

Un manchot à plumes marron…

Alice se figea.

–Oksana, je crois avoir vu Sylvestre, hier ! Est-ce qu'il est… un peu dur d'oreille et peu bavard ?

L'œil d'Oksana, gros comme le poing d'Alice, cligna d'un air surpris.

–Ça ne lui ressemble pas. C'est un vrai moulin à paroles. Avec lui, je ne peux pas placer un mot!

Alice fronça les sourcils et nota les réponses de la baleine dans son carnet.

–Le manchot que j'ai aperçu avait un émetteur GPS en forme de nœud papillon, avec un petit voyant lumineux vert au centre. Est-ce que…

Alice n'eut pas le temps de poser sa question: Wally lâcha sa brosse qui tomba sur le sol avec fracas. Il se mit à piaffer d'un air inquiet.

–Oh non! Oh non… J'ai déjà vu ce genre de nœuds papillon lors d'une précédente mission pour la SUPER: ce n'est pas un appareil de géolocalisation. C'est un gadget développé par les ennemis de notre organisation. Il s'inspire des caractéristiques des guêpes émeraudes pour contrôler l'esprit de ceux qui le portent.

Alice était sidérée. Un appareil capable de contrôler les esprits…?

Chapitre 6

–Voilà pourquoi ces manchots se comportaient de façon étrange! s'exclama-t-elle en se précipitant vers la porte. Ils sont sous contrôle! Je dois prévenir Attie.

Wally la suivit vers le couloir et Oksana leur fit un petit signe de la nageoire.

–L'agent Attenborough était dans l'aile nord il y a quelques minutes encore, expliqua Wally qui galopait près d'Alice. Je l'ai croisé alors qu'il questionnait une araignée de mer enceinte.

Lorsqu'ils atteignirent la bonne capsule, la porte était ouverte. La pauvre araignée de mer essayait de se libérer d'un filet, mais Attie s'était volatilisé.

–Ils l'ont kidnappé, leur cria-t-elle. Tout s'est passé si vite que je n'ai pas pu voir leur visage…

C'est alors qu'Alice remarqua une plume brune sur le sol. Elle la ramassa et la panique la gagna quand elle comprit ce qui venait de se produire. Attie était en danger!

7

Alice, Rahul, Dita et Wally s'installèrent autour de la table dans la salle de crise. Alice leur montra la plume qu'elle avait découverte.

–Je l'ai ramassée dans la capsule où Attie a été enlevé.

Dita pencha la tête et fit rouler ses yeux globuleux pour mieux l'examiner.

–Manchot, déclara-t-elle.

Alice était du même avis.

–Je crois qu'il s'agit de celle d'un manchot Adélie particulier, nommé Sylvestre. Cynthia Tranchelame a placé ces nœuds papillon sur tous les manchots de cette colonie : c'est forcément elle qui les contrôle. Il y a une chose que je ne comprends pas : pourquoi ordonner à Sylvestre de kidnapper Attie ?

Alice avait retourné toutes les possibilités dans sa tête. Tranchelame était pourtant une passionnée d'animaux. Cela n'avait aucun sens.

Wally ouvrit son ordinateur.

– Ce rapport pourrait expliquer certaines choses, dit-il d'un ton inquiet. Nous venons juste de le recevoir du quartier général de la SUPER. Si l'agent Attenborough n'avait pas réparé nos équipements hier, nous ne l'aurions jamais eu.

Trois mots apparurent sur l'écran : « INFORMATION TOP-SECRÈTE ». Puis une vidéo se lança : elle montrait Cynthia Tranchelame dans son habituelle veste orange, enveloppée dans un harnais pour descendre en rappel le long d'une falaise, où elle filmait un documentaire sur les harpies féroces. Quelques instants plus tard, on la revoyait au même endroit,

utiliser des explosifs pour faire sauter la porte d'un temple antique, recouvert de lianes.

«Pour la plupart des gens, disait le commentaire de la vidéo, Cynthia Tranchelame est une documentariste plusieurs fois récompensée et une experte des oiseaux rares. Mais la SUPER a découvert qu'elle menait une double vie.»

Les images révélaient comment Cynthia s'était introduite dans des tombeaux aztèques, avait dérobé ses trésors et pillé des sites funéraires.

« Elle ne recule devant rien pour s'approprier ces richesses : pour ses chasses au trésor, elle a détruit les habitats de centaines d'espèces d'animaux et de plantes, continua la voix. Et loin de remettre les objets à des musées, elle les vend aux plus offrants, dont des ennemis connus de la SUPER. Elle figure désormais sur notre liste de criminels les plus dangereux. »

Lorsque la vidéo se termina, Alice serrait les poings de rage. Elle aurait dû suivre son instinct ! Toutes ces choses étranges dans la tente de Cynthia : le générateur polluant, les cartes, le calendrier indiquant une « vente aux enchères »... Tout devenait clair !

–Dire que nous pensions tous qu'elle défendait l'environnement, alors qu'elle le détruisait ! Attie serait tellement déçu en l'apprenant... Mais il avait peut-être déjà découvert la vérité.

–Je n'y comprends rien, bredouilla Rahul. L'Antarctique n'est pas connu pour ses trésors archéologiques ! Alors, que fabrique-t-elle ici ?

Chapitre 7

Un trésor... songea Alice. Elle se rappela soudain un détail. Elle fit glisser l'ordinateur vers elle et tapa « épave » et « Antarctique » dans la barre de recherche, avant de passer en revue les résultats.

–Un calamar géant, Haruki, m'a raconté qu'il avait l'habitude de se reposer dans une vieille épave, tout près d'ici, expliqua-t-elle. Voilà ! D'après les recherches historiques, un galion rapportant de l'or d'Argentine a fait naufrage pendant une tempête il y a plusieurs siècles, non loin de notre base.

Elle relut les notes de son carnet.

–C'est peut-être pour cela que les manchots plongent plus profondément que d'habitude : Tranchelame a pu leur ordonner de retrouver l'épave...

–Et je parie qu'elle est aussi responsable de ces secousses, dit Rahul d'un air suspicieux. Et qu'elle a volé vos trinoculaires. Cela ne peut pas être une coïncidence.

Dita hocha la tête, songeuse. Tous les détails semblaient coller, sauf un…

–Je ne comprends toujours pas pourquoi elle aurait enlevé Attie, reprit Alice.

Son cœur se serra en pensant à son équipier, prisonnier et tout seul. Elle savait très bien comment aurait réagi Attie si on l'avait kidnappée.

–Je dois le sauver, annonça-t-elle en se levant. Et libérer cette colonie de manchots de ces appareils de contrôle. Je m'occuperai des tremblements ensuite.

–Je t'accompagne, s'écria Wally en bondissant de sa – très large – chaise. Je refuse de laisser ces pauvres manchots se faire exploiter sans remuer le sabot. Nous devons les aider !

–Pas question de monter une opération de sauvetage sans moi ! Je viens avec vous !

Rahul les regarda tous les trois avec un air inquiet.

–On dirait que l'équipe de secours est prête. Je reste ici pour surveiller la base. Soyez prudents…

***

Sur la glace, Alice baissa la visière de son casque et démarra le moteur de la Loutromobile, la luge supersonique. Son plan était simple : s'infiltrer dans le campement de Cynthia, débarrasser les manchots des nœuds papillon, puis délivrer Attie.

–Accrochez-vous, dit-elle. On va foncer !

Elle appuya sur l'accélérateur et la luge partit comme un bolide. Le vent leur sifflait aux oreilles tandis qu'ils glissaient sur la neige et qu'autour d'eux, le paysage glacé défilait à toute allure, dans un flou blanc et bleu.

Pour ne pas déséquilibrer la luge, elle s'était installée à l'avant et Wally au milieu. Dita était perchée à l'arrière. Cette disposition n'était pas vraiment pratique : les cornes de Wally lui

piquaient la nuque, mais il n'y avait pas d'autre moyen de tenir tous les trois sur la luge.

Tandis qu'ils filaient sur la banquise, Alice songeait au kidnapping du pauvre Attie. Seuls les membres de la SUPER et les patients étaient autorisés à se trouver dans la base. Quelqu'un avait donc aidé Sylvestre à entrer. L'idée qu'un traître se cache parmi eux lui donnait la chair de poule...

–Wouhou ! C'est génial, s'exclama Wally en agrippant les poignées de la luge.

Dita voulut répondre, mais sa longue langue se coinça dans sa capuche.

Alice n'aurait jamais cru pouvoir un jour aller si vite, mais sans Attie, elle avait du mal à savourer cette incroyable sensation. Il était peut-être en danger et l'angoisse la gagnait.

Tout à coup, une lumière rouge clignota sur le tableau de bord et la Loutromobile ralentit.

–Qu'est-ce qui se passe ? demanda Wally.

Alice observa les instruments de bord.

–Je ne sais pas... La luge a quitté le mode supersonique.

En observant les alentours, elle repéra tout à coup une longue fissure qui se dessinait sur la glace et venait droit vers eux.

Elle sentit ses pieds vibrer.

–Les secousses ! Ça recommence !

La luge se mit alors à trembler et la banquise s'ouvrit en deux révélant une immense crevasse.

–Accrochez-vous, cria Wally.

Dita poussa un couinement désespéré lorsque leur engin bascula dans le vide.

8

Tout sembla se passer au ralenti. Alors qu'ils plongeaient dans la crevasse, Wally sauta de la luge et enfonça ses cornes, comme des pics, dans la paroi de glace. Alice accrocha ses bras autour du guidon et se cramponna pour supporter le choc, quand la Loutromobile atterrit brutalement quelques mètres plus bas. Elle poussa un soupir de soulagement, mais en se retournant, trouva le siège vide.

–Dita ? Où es-tu ?

–En bas !

Alice jeta un regard en contrebas et vit le caméléon, perché sur un monticule de glace.

–Je ne suis pas blessée, mais je ne peux pas remonter !

Pendant qu'Alice cherchait une corde dans son sac, Wally utilisa ses cornes pour se hisser jusqu'à la surface.

Il se pencha et sa voix résonna comme un écho dans l'obscurité :

–Lorsque tu auras récupéré Dita, attache le cordon autour de la luge et lance-moi l'autre extrémité. Je vous aiderai à grimper.

Mais lorsqu'elle le jeta à Dita, Alice s'aperçut avec effroi que le câble était trop court. Grâce à l'entraînement de la SUPER, elle aurait facilement pu aller chercher Dita, mais elle avait besoin d'un équipement resté à bord du TétraPod.

–Ne vous en faites pas pour moi ! leur cria Dita. Je vais envoyer un message par radio à Rahul et j'attendrai ici. Il n'y a pas de temps à perdre : vous devez sauver les manchots et arrêter Tranchelame !

Alice hésita. Si seulement Attie avait été là pour la conseiller. Mais il lui avait un jour dit que prendre des décisions difficiles faisait partie du rôle des agents de la SUPER. Maintenant elle comprenait ce qu'il voulait dire.

–Très bien, dit-elle. Mais promets-nous de nous rassurer par radio dès que Rahul sera venu te récupérer !

Dita promit de les prévenir et leur fit un petit signe en leur souhaitant bonne chance. Wally hissa la Loutromobile jusqu'à la surface. Le cœur lourd, Alice fit démarrer le moteur supersonique et lança l'engin à pleine allure, laissant Dita derrière eux.

Peu après, l'immense tente de Cynthia Tranchelame apparut au loin, entourée de centaines de nids abandonnés. Wally et Alice descendirent de la luge et approchèrent à pas de loup.

–Où ont bien pu passer les manchots ? murmura Wally.

Alice remarqua que les nids paraissaient dérangés. Comme si les oiseaux étaient partis très vite.

–Je ne sais pas, mais mieux vaut rester très prudent!

Elle colla son oreille contre la paroi de la tente, mais n'entendit rien. Après un bref coup d'œil autour d'elle, elle entra. Les lumières étaient éteintes et Alice plissa les yeux. Les canapés et les tapis de velours étaient détrempés et couverts de plumes. Une lampe en émail se trouvait sur le sol, brisée. Plusieurs livres étaient tombés de leur étagère.

–Là, regarde! dit Wally en lui montrant un appareil. Il doit s'agir d'un émetteur qui lui permet de contrôler les nœuds papillon. Nous devons le détruire pour libérer les manchots.

Alice suivit son geste. Dans un recoin de la pièce, un étrange boîtier métallique avec des voyants verts. En dessous, quelque chose remuait...

Alice se pencha, puis poussa un cri. Attie était ligoté par terre, au milieu des antiquités. Cynthia avait attaché ses quatre pattes ensemble et l'avait bâillonné à l'aide d'une mandarine moisie.

–Mmmh, marmonna-t-il en apercevant Alice. Mmmh ! Mmmh !!!

–Ne t'en fais pas Attie, nous sommes venus te sauver.

Mais à peine avait-elle fait un pas vers lui que des centaines d'yeux s'ouvrirent, luisants dans

l'obscurité. Les manchots s'étaient cachés derrière les chaises, sous les tables, entre les objets antiques, à l'intérieur des cartons… La diode verte de leur nœud papillon clignotait furieusement.

–Attention ! lui cria Wally. C'est un piège !

Sans crier gare, l'un des manchots bondit de la bibliothèque pour donner un coup de patte à Alice, qui s'écarta juste à temps. L'oiseau atterrit sur le canapé et se remit péniblement debout, l'air ahuri.

–Je suis vraiment désolé, dit-il, mais je ne contrôle plus mes…

Il plia alors ses ailes dans une pose de ninja.

–Oh… je crois que je vais recommencer…

Alice esquiva, mais trois autres manchots se jetèrent sur elle.

–Excusez-moi !

–Pardon !

–Oups !

Wally fonça et percuta les oiseaux comme des quilles.

–Je vais les distraire, cria-t-il à Alice. Occupe-toi de libérer l'agent Attenborough et de détruire cet émetteur !

Alice serra les poings : aucun manchot-ninja ne l'empêcherait de sauver son équipier ! Elle avança prudemment, contourna de justesse un oiseau suspendu au plafond et plusieurs qui tentaient des prises de kung-fu.

Les manchots attaquaient en s'excusant.

–Je suis confus ! gémit l'un d'eux en essayant de la frapper au genou.

–Il ne faut pas nous en vouloir, supplia un autre qui lui fit un tacle.

L'un d'eux tenta même de la faire trébucher en lançant des vestiges de boulets de canon, mais Alice sauta pour les éviter. Enfin, elle atteignit le fond de la tente. En se retournant,

elle vit Wally, comme un gigantesque sapin de Noël poilu, décoré de manchots accrochés à ses pattes.

Attie ne se trouvait plus qu'à quelques mètres, mais un dernier oiseau lui barrait la route, les ailes croisées. L'air perdu, il hérissait ses plumes brunes. Alice se remémora ses leçons d'arts martiaux inspirés de comportements animaliers. Elle écarta les jambes et tendit les bras au-dessus de sa tête. Elle devait neutraliser Sylvestre sans lui faire mal. Une seule technique pouvait fonctionner : le baiser du bébé phalène.

Alice fléchit les genoux et bondit, puis plongea en battant des bras vers Sylvestre. Elle envoya les mains exactement au bon endroit de part et d'autre de ses ailes et les serra doucement. Aussitôt, il se retrouva immobilisé : ses ailes refusaient de bouger. Incapable de garder l'équilibre, il tituba, puis tomba sur le ventre.

Alice en profita : elle sauta par-dessus l'oiseau, saisit le câble du boîtier et tira pour débrancher la prise. Le voyant vert sur son nœud papillon s'éteignit.

Il cligna des yeux et se frotta le crâne.

–Pffiou, j'ai une de ces migraines !

–Tout ira bien, le rassura Alice, en lui tapotant l'épaule. Nous sommes des agents de la SUPER et nous allons t'aider à te remettre, c'est promis !

Partout dans la tente, la diode au cou des manchots avait cessé de briller. Les oiseaux agrippés à Wally se raidirent et glissèrent le long de son corps, retombant en tas sur le sol.

Chapitre 8

–Ne vous en faites pas, dit le bison en les redressant. Vous avez traversé une terrible épreuve, mais à présent, tout va s'arranger.

La colonie saine et sauve, Alice se précipita vers Attie, ôta la mandarine pleine de bave de sa bouche et le détacha.

–Tu n'es pas blessé ?

–Quelle musaraigne idiote je fais, dit-il en plissant le bout de son museau. J'aurais dû t'écouter. Ton instinct ne t'avait pas trompée au sujet de Cynthia. Elle m'a vraiment dupé. Et me bâillonner avec une mandarine... pouah ! Quelle honte !

Attie se débarrassa de ses derniers liens puis se remit debout, l'air penaud.

–Je suis désolé de ne pas avoir été un bon équipier... ni un très bon ami.

Incapable de se retenir, Alice le prit dans ses bras et le serra contre elle.

–Tu es le meilleur des équipiers ! J'étais si inquiète.

–Mais je savais que tu me retrouverais, répondit Attie contre son épaule, avant de se dégager et de glisser sur le sol. Mais nous devons nous dépêcher. J'ai découvert la cause de ces secousses !

Attie et Alice enjambèrent la foule d'oiseaux encore engourdis. Il désigna un bureau où se trouvait un plan, qui représentait un curieux submersible, avec une énorme hélice d'un côté et une longue perceuse, entourée de dents métalliques de l'autre. Alice fit la grimace en lisant le titre : « Sous-marin atomiseur d'icebergs ».

–Cynthia Tranchelame a forcé les manchots à construire cet engin, expliqua Attie.

Alice observa le plan avec attention. L'appareil permettait donc de transpercer les glaciers !

–Il est si puissant qu'il provoque une onde de choc qui se répercute à des dizaines de kilomètres. Elle m'a passé de force l'un de ses horribles nœuds papillon pour m'obliger à lui

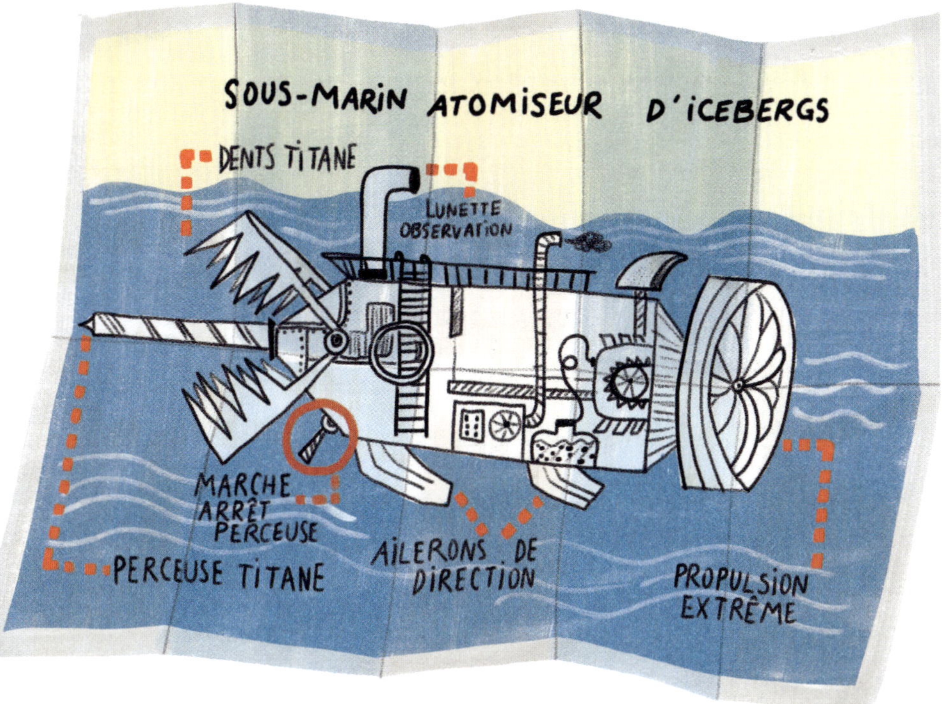

révéler comment fonctionnent les trinoculaires. Elle espère sûrement pouvoir extraire quelque chose de la glace…

–Voilà pourquoi elle t'a enlevé, souffla Alice. Sans toi, elle ne pouvait pas les utiliser !

Elle raconta alors à Attie ce qu'elle avait découvert au sujet du galion chargé d'or.

–Et j'ai mémorisé ses coordonnées géographiques.

–C'est ça ! reprit Attie. C'est ce qu'elle cherchait ! En suivant ces coordonnées, nous devrions retrouver Cynthia et son sous-marin. Mais il y a autre chose, ajouta-t-il, les moustaches frémissantes. Je l'ai entendue parler d'un « assistant » sur la base. J'ignore de qui il s'agit, mais c'est forcément la personne qui a volé les trinoculaires.

Alice sentit sa gorge se serrer. Elle avait vu juste : il y avait bien un traître à la base de la SUPER.

Wally s'approcha d'eux.

–Les manchots souffrent encore de vertiges et d'affreux maux de tête. Je dois les ramener à la base le plus vite possible.

Alice et Attie échangèrent un regard inquiet. La base serait bientôt surchargée de patients. Il fallait à tout prix empêcher Cynthia Tranchelame d'utiliser son sous-marin atomiseur d'icebergs.

–Tu peux prendre le TétraPod, dit-elle à Wally. S'ils ont pu tenir dans cette tente, ils devraient tous y rentrer. Attie et moi, nous nous occupons d'arrêter Tranchelame.

Attie resserra les liens de sa capuche.

–Ça, tu l'as dit, agent Lerisque !

Sans lui laisser le temps de protester, Alice l'attrapa pour le placer sur son épaule, avant de se mettre à courir vers la côte.

Attie enroula sa longue queue autour de son cou et lui murmura à l'oreille :

–J'ai un plan. Mais pour qu'il fonctionne, nous allons devoir nous approcher de la perceuse du sous-marin sans que Tranchelame s'en aperçoive.

Alice se rappela son entraînement de camouflage à la SUPER… Elle eut une idée.

9

Au fond de l'eau, Alice nageait, les bras le long du corps, à l'intérieur d'une sorte de grande enveloppe visqueuse. Avec Attie, elle avait cousu cette curieuse combinaison de plongée à base de morceaux d'algues géantes d'Antarctique. Elle était épaisse, brune et lisse et imitait parfaitement la peau d'une créature bien spécifique : l'éléphant de mer du Sud.

– Si les coordonnées géographiques sont exactes, nous devrions bientôt apercevoir le sous-marin, dit Attie, installé aux pieds d'Alice.

Pendant qu'Alice dirigeait la tête de leur éléphant de mer, il se chargea d'actionner la queue. Ils devaient bien coordonner les mouvements pour que leur faux animal ait tout l'air d'un vrai.

–Inclinaison à gauche de vingt-cinq degrés, annonça Attie.

Alice roula sur la gauche, ondula des hanches pour faire bouger les nageoires, et l'éléphant de mer s'élança. Par la visière de sa combinaison thermique, Alice pouvait voir l'extérieur grâce à la bouche de l'éléphant de mer. Presque aucune lumière ne traversait ces profondeurs sombres

et mystérieuses. Le système d'oxygène intégré à sa combinaison vrombissait doucement tandis qu'ils avançaient dans l'océan.

Soudain, deux lueurs apparurent au loin. La pointe du sous-marin émergea de l'ombre, plus grande et plus pointue que sur le schéma. Alice frémit en apercevant Cynthia Tranchelame aux commandes. Elle utilisait les trinoculaires. Non loin du sous-marin, la proue de l'épave, recouverte d'algues, dépassait d'un mur de glace, qui emprisonnait le reste du galion.

–D'après le plan, nous pouvons désactiver cette perceuse grâce à un levier. Il se trouve sur le panneau de contrôle, dans la partie inférieure du sous-marin, expliqua Attie.

Il agita la queue de l'éléphant de mer pour le faire avancer. Alice retint son souffle quand Cynthia braqua les trinoculaires vers eux…

La présentatrice plissa les yeux… mais, ne voyant qu'un gros éléphant de mer pataud, elle tourna la tête.

Ouf, pensa Alice, tremblante. Elle plongea sous l'appareil de Cynthia et s'approcha du panneau de contrôle.

–Bon, il est temps d'abandonner notre déguisement, dit-elle à Attie.

Elle remonta les genoux vers sa poitrine, puis détendit brusquement les jambes pour se débarrasser de la combinaison, par une poche située sous le ventre de l'animal fictif.

–Nous devons faire vite. Elle pourrait nous apercevoir, l'avertit Attie qui se glissa par une ouverture dans la queue.

Il tendit un tournevis à son équipière.

Alice n'avait jamais suivi de cours de mécanique sous l'eau, mais elle se concentra sur le panneau de contrôle. À l'intérieur, elle trouva six leviers de couleurs différentes.

–Lequel ?

Attie les examina en remuant le museau.

–Je ne sais pas… Ceux-là n'étaient pas sur le plan !

Alice se remémora ses leçons de pilotage avec Aristophane. Le temps pressait… Prenant son courage à deux mains, elle tira sur le levier violet. Mais au lieu de désactiver la perceuse, il déclencha la marche arrière du sous-marin. L'hélice se mit à tourner en sens inverse et causa un tourbillon. Attie dut lutter pour ne pas être aspiré.

–Non, non… Ce n'était vraiment pas le bon !

Alice repoussa le premier levier avant de tirer sur le rouge. L'hélice s'immobilisa dans un terrible fracas. Trois énormes bulles s'élevèrent de l'appareil, comme des montgolfières. La lumière du cockpit restait allumée et la perceuse continuait de tourner.

–Ce n'est pas celui-là non plus, gémit Attie. Et si…

Mais avant d'avoir pu finir sa phrase, il disparut dans un nuage de bulles. Une voix amplifiée retentit derrière Alice. Elle lui donna la chair de poule.

–J'aurais dû me douter que vous me causeriez des ennuis !

Elle se retourna et vit Cynthia Tranchelame nager vers elle, dans une combinaison de plongée noire, avec un casque à micro intégré. D'une main, elle avait saisi Attie par la peau du cou. De l'autre, elle tenait un fusil-harpon, une arme terrible, avec une pointe crantée reliée à une corde.

–Ces insupportables fouineurs de la SUPER sont tous les mêmes, gronda-t-elle. Toujours à fourrer votre nez dans les affaires des autres !

Elle serra le cou d'Attie, qui luttait pour se libérer.

–Si tu ne veux pas que je transforme ton équipier en filet de pêche, je te conseille de t'écarter de ce panneau de contrôle !

Alice se sentait perdue. Attie était en danger, mais si Cynthia continuait à percer le glacier, la base tout entière risquait de s'effondrer.

–Nous savons ce que tu mijotes, Tranchelame ! vociféra Attie. Nous ne te laisserons plus détruire l'environnement pour piller des trésors archéologiques !

–Et comment vous comptez nous arrêter ? répliqua Cynthia en éclatant de rire.

Nous ? pensa Alice. Elle se demandait de qui elle parlait, lorsqu'une toute petite créature à quatre pattes quitta le poste de pilotage pour nager vers eux...

–Dita ?! Je te croyais prisonnière de la crevasse !

Le caméléon tenait lui aussi un petit fusil-harpon.

–Hé non ! J'avais un plan pour en sortir. Mais je vous ai menti. Je vous ai fait croire que j'étais la pauvre Dita... paniquée, angoissée. En réalité, mon vrai nom est Philou.

Alice fixa Dita – ou plutôt Philou – abasourdie.

–Alors, c'était toi l'assistant de Cynthia ! Tu as volé les trinoculaires... Tu as permis à Sylvestre de kidnapper Attie !

–Exact, rétorqua Philou d'un air satisfait. Mon camouflage se révèle bien utile pour fureter partout. Cynthia a reconnu ma valeur alors que je sortais à peine de l'œuf et m'a formée comme chasseuse de trésor.

Elle pointa son harpon en direction d'Alice.

–Éloignez-vous de notre sous-marin !

Alice recula et son dos toucha la coque de l'appareil. Impossible de fuir... Elle jeta un regard autour d'elle, cherchant une solution, lorsqu'elle se rappela que le panneau de contrôle était resté ouvert. En un éclair, elle se retourna et tira sur le levier violet.

Dans un vrombissement puissant, l'hélice se mit à tourner en sens inverse, aspirant tout vers elle.

–Quoi ? gémit Philou, qui agita furieusement les pattes pour lui échapper.

Happée par le tourbillon, elle pressa la détente du fusil et le harpon transperça la glace qui emprisonnait le galion. La corde se déroula avec un sifflement. Philou tint bon, suspendue à la corde. Cynthia se débattait pour maintenir Attie. Mais elle dût le lâcher pour elle aussi planter son harpon dans la glace et s'y cramponner.

Avec leurs deux adversaires accrochées à leurs harpons, Alice eut une idée. Elle remit le levier en position et s'approcha d'Attie.

–Est-ce que tu peux attirer Philou autour du sous-marin dans le sens des aiguilles d'une montre ? Je vais faire en sorte que Cynthia me suive dans l'autre sens. J'ai un plan.

Attie hocha la tête et s'exécuta. Il regarda Philou et lui tira la langue.

–Si tu veux ton trésor, il faudra d'abord nous attraper, lança-t-il, avant de s'éloigner.

La peau de Philou vira au rouge. Sans lâcher son harpon, elle le poursuivit.

Cynthia, elle, dévisageait Alice.

–Ce sera la première et la dernière fois que la SUPER se mêle de nos affaires, tu peux en être sûre !

Plaçant son fusil sous son bras, elle agita ses palmes pour foncer sur Alice.

La jeune fille nagea aussi vite qu'elle put dans la direction inverse prise par Attie. Cynthia et Philou les suivaient, mais à chaque tour, la corde s'enroulait autour de l'épave et rétrécissait d'autant. Sans s'en rendre compte, elles s'étaient emmêlées dans un nœud de corde. Elles lâchèrent leurs fusils, mais trop tard.

–Qu'est-ce que… ? s'étrangla Philou, qui passa par toutes les couleurs de l'arc-en-ciel en se tortillant.

–Aaah ! Enlevez-moi ces cordes,

gémit Cynthia qui se débattait pour leur échapper. Mais elles étaient maintenant solidement attachées au galion, comme des rubans autour d'un paquet-cadeau.

Incapables de se libérer, Philou et Cynthia cessèrent de lutter.

Les deux agents de la SUPER échangèrent un geste victorieux sous l'eau, avant de se tourner vers leur ennemie.

–Et dire que j'étais un de vos fans ! s'exclama Attie. Votre carrière de pilleuse s'arrête ici ! Vous n'aurez plus la possibilté de mettre l'environnement ou les espèces animales en danger. La SUPER y veillera !

Plus tard, dans la salle de réunion de la base, Alice tapotait la table d'un air impatient. Près d'elle, Attie balançait la queue en rythme.

–Il ne va pas tarder, dit-il en regardant l'heure sur l'écran de l'ordinateur. Le commandant Phil est toujours très ponctuel.

–Comment est-ce qu'il réagira ? Il a sans doute déjà lu notre rapport de mission.

Attie parut nerveux.

–Je ne sais pas… Notre équipe a commis quelques erreurs. Il nous posera sûrement des questions.

Au même instant, l'écran s'anima et le commandant Phil apparut, dans son bureau du quartier général, un dossier ouvert devant lui portant les mots: «Opération Bec de glace», rapport de mission.

–Eh bien, commença-t-il. Il me semble que l'Antarctique n'ait pas été de tout repos: kidnapping, imposteurs, accidents sur la glace...

Alice songea à tout ce qui ne s'était pas passé comme prévu. Si seulement la Loutromobile n'était pas tombée dans cette crevasse, ou si elle avait découvert la véritable identité de Dita plus tôt...

–À votre avis, quelle était votre erreur la plus importante?

Attie et Alice se regardèrent, surpris.

–La plus importante ? dit la musaraigne. Difficile à dire, monsieur… Nous en avons malheureusement commis beaucoup.

Alice réfléchit au sens de la question et comprit alors une chose.

–Toutes nos erreurs sont importantes, s'exclama-t-elle. Car c'est en tirant des leçons que nous deviendrons de meilleurs agents de la SUPER !

Le commandant Phil ouvrit son bec pour esquisser un grand sourire et frappa ses ailes l'une contre l'autre.

–Exactement ! La capacité d'apprendre de vos propres erreurs – et de celles de votre équipier – est le signe d'une vraie complicité. Si toutes les aventures se déroulaient sans problème, nous ne serions jamais des agents de terrain pleins de ressources ! Et avec une nouvelle mission réussie, je vous crois plus forts que jamais !

Derrière la porte, les couloirs détrempés de la base bruissaient d'animation. Des voix montaient partout et toutes sortes de créatures à plumes, à écailles, carapaces ou tentacules rampaient, glissaient, détalaient dans tous les sens. Même avec la colonie de manchots Adélie, les patients de la base semblaient d'un seul coup bien plus nombreux. Que se passait-il ?

–Les manchots se rétablissent bien, expliqua Attie en jetant un regard à la capsule de soin.

Alice passa la tête par-dessus la sienne. À l'intérieur, quelques oiseaux, enveloppés dans d'épais peignoirs, se reposaient sur des rochers en forme de chaises longues. Elle poussa un soupir de soulagement en constatant qu'ils ne garderaient aucune séquelle de leur dure épreuve.

Des pas précipités résonnèrent alors dans le couloir.

– Vous avez sauvé la base ! cria Rahul en courant vers eux. Merci à tous les deux.

Il serra Alice contre lui et tapota la tête d'Attie, qui se renfrogna en croisant les bras.

–À présent, nous pouvons réparer la base sans crainte de les voir recommencer !

–Et nous continuerons notre travail si important ici, ajouta Wally qui trotta derrière lui.

Attie se tint soudain plus droit et bomba le torse.

–Nous n'aurions jamais réussi sans votre aide. Et notre dicton dit vrai : on ne se sent jamais seul quand on fait partie de la SUPER-famille.

Alice s'aperçut avec bonheur qu'Attie avait raison. La SUPER lui avait apporté de nouveaux amis aux quatre coins du monde, même en Antarctique !

Mais un étrange silence retomba dans le couloir… Un bruit de pas retentit et deux gardes de la SUPER apparurent, escortant Cynthia Tranchelame et Philou, qui traînaient les pieds. Les cheveux cuivrés de Cynthia tombaient mollement sur ses épaules et elle portait une combinaison grisâtre avec les mots « NETTOYAGE DE L'OCÉAN » imprimés sur le dos. Philou portait une tenue similaire.

– Qu'est-ce qui va leur arriver ? demanda Alice en regardant les gardes les conduire à bord d'un autre TétraPod.

– Elles seront affectées à la collecte des déchets plastiques dans l'océan, expliqua Wally. Une sentence tout à fait adaptée, à mon avis.

Alice hocha la tête. Malheureusement, vaincre Cynthia Tranchelame et Philou ne suffirait pas

à protéger l'Antarctique. La base était remplie de victimes de la destruction de l'environnement : le chemin serait encore long avant de sauver la faune et la flore qui vivaient dans cet endroit merveilleux.

–Vous savez la nouvelle, au sujet de l'épave ? lança Rahul. Une équipe d'archéologues est en route pour l'étudier avec sa précieuse cargaison. Les objets seront plus tard exposés dans un musée en Argentine, d'où le galion provenait. Les étoiles de mer parlent déjà d'ouvrir un hôtel dans le vieux galion quand les fouilles seront terminées.

Alice allait répondre lorsqu'un escargot de mer rampa dans le couloir aussi vite qu'il le put.

–Ils sont là ! criait-il. Les Bégés ! Ils sont là !

Les Bégés ?

Elle jeta un regard interloqué à Attie. Ce nom lui disait quelque chose…

–Vous savez ce que c'est ? murmura-t-elle.

–Évidemment, s'exclamèrent Rahul et Wally en chœur.

Ils ouvrirent le haut de leur combinaison thermique, révélant un tee-shirt aux couleurs d'un groupe de pingouins.

–B. G. ! Les Becs gelés ! L'unique groupe au monde rassemblant sept espèces de manchots. Et tous des anciens agents de la SUPER.

–Ils sont là pour l'unique concert en Antarctique de leur tournée, s'enthousiasma Wally.

Rahul consulta sa montre.

–Ça va commencer ! Vous venez ?

Quelques minutes plus tard, Alice et Attie, enveloppés dans leurs combinaisons thermiques, se tenaient dans l'océan, entourés d'une foule d'animaux marins. Devant eux, une scène était dressée sur un iceberg. Un rideau d'étoiles de mer phosphorescentes était tendu au-dessus et scintillait dans le crépuscule. Sur cette scène spectaculaire, sept incroyables manchots se tenaient côte à côte. Ils étaient de tailles différentes, du petit manchot des Galapagos jusqu'à l'immense manchot empereur. Deux autres – le Gorfou sauteur et le Gorfou du Sud – avaient des plumes d'un jaune éclatant sur la tête et un dernier, le manchot pygmée, avait de superbes yeux et plumes bleus. Alice remarqua qu'ils portaient tous des badges de la SUPER pour communiquer.

–Bonsoir, l'Antarctique! lança l'un des oiseaux, un manchot à jugulaire costaud. Prêt pour une soirée rock?

La foule hurla. Certains tenaient des banderoles où était inscrit «On aime les Becs gelés», «Les B. G. sont les meilleurs».

Alice aperçut Oksana et Sylvestre, qui tapotaient leurs nageoires et leurs ailes à la surface de l'eau. Haruki agitait ses tentacules, avec un large sourire.

Les deux haut-parleurs fabriqués à partir d'algues se mirent à crépiter de chaque côté de la scène et la première chanson commença :

Si toi aussi tu veux nager dans notre océan
Si tu veux voir notre pays blanc
Nous, on dit stop à ta pollution
Pour le plastique, c'est clair, c'est non !

Le public se mit à danser et à chanter en chœur et la surface de l'eau s'anima. Attie éclata de rire en désignant un éléphant de mer qui dodelinait de la tête.

–On dirait qu'il a trouvé un copain !

En l'observant, Alice reconnut l'animal à qui elle avait donné leur réserve de bananes. Mais… il n'était pas seul. Il dansait avec un autre éléphant de mer à la peau très brune, un peu molle, comme une algue. Elle pouffa en s'apercevant qu'il s'agissait de leur combinaison de plongée.

–Tu veux danser? lui demanda Attie en lui tendant la patte.

–Absolument! répondit-elle, ravie.

Alors qu'Attie remuait la queue en rythme et qu'Alice ondulait dans l'eau, elle comprit qu'ils venaient de vivre une incroyable aventure. Elle savait déjà ce qu'elle écrirait dans ses «Notes de terrain», une fois à bord du TétraPod.

OPÉRATION BEC DE GLACE

Par Alice Lerisque
(agent de terrain de la SUPER)

MISE À JOUR :

Mission Bec de glace accomplie ! L'agent Attenborough et moi avons réussi à sauver la base 22, à libérer une colonie de manchots et à démasquer un espion ennemi. Nous nous sommes aussi fait de nouveaux amis à la SUPER. J'ai pu découvrir les paysages époustouflants de l'Antarctique, que mes parents avaient déjà exploré. Notre tandem, à Attie et moi, devient plus fort ! Et je me demande où nous mènera notre prochaine aventure...

OBSERVATIONS :

On ne peut pas faire confiance à tous les caméléons.

Ne jamais priver une musaraigne à trompe de son sandwich à la banane.

personne ne met le feu à un iceberg comme les B. G.

Chère lectrice, cher lecteur,

C'est encore le commandant Phil,

Comme tu le sais, les agents Attenborough et Lerisque viennent juste de terminer leur mission en Antarctique : le continent le plus élevé, le plus sec, le plus venteux et le plus froid au monde. Malheureusement, l'écosystème fragile de l'Antarctique est menacé et a besoin que tu le protèges.

Pourquoi l'Antarctique est important ?
La plus grande partie de l'Antarctique se trouve dans le cercle antarctique, une frontière imaginaire qui entoure l'extrémité sud de la planète. Là-bas,

la terre est recouverte d’une épaisse couche de glace qui bouge et forme des glaciers et des barrières de glace qui flottent sur l’eau. Cet endroit abrite des espèces uniques de pinnipèdes, de manchots et d’autres oiseaux marins. Les eaux qui entourent le continent servent aussi d’habitat à toute une faune marine : baleines, dauphins, poissons, sans oublier le plancton, une source d’alimentation indispensable aux créatures de l’océan. La glace blanche de l’Antarctique reflète certains rayons du soleil vers l’espace et permet de réguler la température de la Terre. Plutôt cool, non ?

Quel est le problème ?

L'activité humaine produit de plus en plus de dioxyde de carbone dans l'atmosphère, ce qui cause une hausse des températures sur Terre : c'est le réchauffement climatique. L'Antarctique est la région qui se réchauffe le plus vite. Les animaux qui y vivent perdent leur habitat et leur lieu de reproduction, car les glaciers fondent. Dans cette région, la pêche illégale menace aussi la faune. Les oiseaux sont piégés dans les longues lignes ou par les hameçons et les bateaux de pêche peuvent blesser les baleines ou les dauphins. Le plastique pollue les eaux. Les oiseaux marins en avalent par erreur et ces objets obstruent parfois les fanons des baleines, ce qui les empêche de se nourrir.

QUI EST EN DANGER ?

Avec des vents violents et des températures descendant jusqu'à -60°C, l'environnement de l'Antarctique est dur et hostile. Les animaux qui y vivent sont particulièrement adaptés au climat. Certains ont une peau épaisse ou bien une fourrure isolante qui leur permet de préserver la chaleur. D'autres, comme le poisson d'argent d'Antarctique, produisent leur propre antigel. Mais de nombreuses espèces restent menacées.

Il a l'envergure la plus large de tous les oiseaux. Il peut tenir dans les airs pendant des heures sans battre des ailes.

ESPÈCES MENACÉES

L'ALBATROS HURLEUR

LE PHOQUE DE ROSS

Il possède une fourrure à poil ras et des yeux étrangement larges. Il peut produire un son, comme une sirène, qui s'entend de très loin.

Cet oiseau des mers a des plumes noires avec une gorge et un menton blancs. Il quitte l'Antarctique pour se reproduire sur des îles subtropicales dans l'océan Atlantique Sud.

LE PUFFIN À MENTON BLANC

LA BALEINE DE MINKE

Une espèce de petite taille qui se nourrit de krill et qui peut survivre jusqu'à 50 ans dans la nature.

LE MANCHOT ADÉLIE

Ce petit manchot intrépide peut retenir sa respiration jusqu'à six minutes et plonger jusqu'à 180 mètres sous l'eau.

ESPÈCES MENACÉES

Il peut atteindre 115 cm – c'est plus grand qu'un enfant de six ans. Après la ponte des œufs, le mâle les surveille pendant que la femelle part chercher de la nourriture.

LE MANCHOT EMPEREUR

CE QUE TU PEUX FAIRE :

Calcule ton empreinte carbone !

Tout le monde en a une. C'est la quantité de dioxyde de carbone que tu consommes pour subvenir à tes besoins. Quand on utilise une voiture, quand on allume une lampe ou même quand on mange un hamburger, on laisse une empreinte plus importante. La bonne nouvelle, c'est qu'il existe des solutions pour la réduire et limiter le réchauffement climatique.

Éteins et marche !

Nos maisons fonctionnent grâce à des énergies créées à partir de carburants fossiles. Pour économiser cette énergie, pense à éteindre les lumières ou les appareils électriques que tu n'utilises pas et à fermer les portes pour conserver la chaleur à l'intérieur de la maison. Les voitures consomment aussi beaucoup de carburant. Alors, quand tu dois aller à l'école ou chez des copains, pourquoi ne pas y aller à pied, à vélo, en skateboard ou en rollers ?

Organise un nettoyage de plage !

Le plastique, c'est vraiment pas fantastique ! Lorsqu'on le jette, il finit dans l'océan et les espèces animales le confondent souvent avec leur nourriture. Pour éviter cela, tu peux recycler les emballages en plastique et donner les jouets dont tu ne veux plus à des associations. Si tu vis près de la mer, pourquoi ne pas organiser une journée de nettoyage ? Rassemble ta famille et tes amis et ramassez tous les déchets que vous pouvez trouver sur la plage pour éviter qu'ils ne se retrouvent dans l'océan…

Pense à l'océan !

La pêche illégale diminue les ressources de poissons. Quand toi ou tes parents achetez du poisson ou des fruits de mer, vérifiez qu'il est issu de la pêche durable certifiée par le label MSC (Marine Stewardship Council). Cela signifie qu'il a été pêché dans des conditions qui n'ont pas d'impact négatif sur l'environnement.

Aux fourneaux !

Manger de la viande augmente ton empreinte carbone, alors, si tu aimes cuisiner, essaie des recettes végétariennes savoureuses pour régaler ta famille et tes amis. Tu peux en trouver facilement dans des livres de cuisine et sur Internet. L'agent Attenborough recommande les sandwichs à la banane frite et aux graines de courges, mais je suis moins enthousiaste…

Bonne chance à vous, jeunes agents !
La SUPER compte sur vous !

Le commandant Phil.

NOTES DE TERRAIN

NOTES DE TERRAIN

Les autrices :

Jennifer Bell

La série *Les Extraodinaires* de Jennifer Bell a été vendue dans quinze pays et a connu un succés immédiat. Inspirée par son ancien métier de libraire jeunesse, Jennifer aime créer des mondes magiques et fabuleux.

Alice Lickens

Alice Lickens est une autrice, illustratrice et designer basée à Londres. Elle a reçu la prestigieuse bourse Sendak et est également designer à la London House of Illustration.

L'illustratrice :

Pauline Duhamel

Originaire d'un petit village de Provence, Pauline Duhamel se découvre très tôt une passion pour les livres ainsi que pour le dessin. Après des études d'arts appliqués à Paris, elle s'oriente naturellement vers l'illustration jeunesse. Elle a travaillé avec les éditions Talents Hauts, Flammarion, Fleurus, Bayard Presse et Samsung Publishing. En 2011, elle a publié son premier livre en tant qu'autrice et illustratrice, *Dix petits écoliers* (Chocolat ! Jeunesse). Chez Albin Michel Jeunesse, elle a déjà illustré les deux tomes des *Enquêtes d'Emily Evans* et l'album *J'aimerais te parler d'elles*.

Retrouvez Alice et Attie

pour leur prochaine mission...
dans le delta du Nil !

En septembre en librairie

Conception graphique : Delphine Guéchot

Éditions Albin Michel Jeunesse
22, rue Huyghens
75014 Paris
ISBN : 978 2 226 45109 5
N° d'édition : 23993/01
Dépôt légal : avril 2021
Loi n° 49-956 du 16 juillet 1949 sur les publications destinées à la jeunesse.
Imprimé en France par Pollina, Luçon - 96307